낮의 해변에서 혼자

김 현

낮의 해변에서 혼자

김 현

PIN

033

차례

부처님 오신 날　　　　　　　　　　9

큰 시　　　　　　　　　　14

뿔소라　　　　　　　　　　22

릉, 묘, 총　　　　　　　　　　28

푸코　　　　　　　　　　32

침대는 영혼의 무게를 느끼지 못한다　　　　　　38

푸아그라　　　　　　　　　　44

물거품을 위한 언어　　　　　　　46

릴케가 본 것　　　　　　　　　48

뿔소라　　　　　　　　　　52

항문외과 의사 이필잎을 저주합니다　　　58

그뿐　　　　　　　　　　66

관엽수   70

고양이는 어떻게 사랑의 미스터리를 완성할까   72

고스트 스토리   76

할로윈   78

사랑의 손발이 차가운 데는   82

자국   86

미움이 많은 사람이 쓰는 시   90

행복한 사람   96

뿔소라   102

에세이 : ♡   111

PIN

033

낮의 해변에서 혼자

김 현

시

부처님 오신 날

4월 30일 맑음. 반바지 입음. 자전거 탐. 미아사 거리 2번 출구 옆에 자리한 투썸플레이스에 앉아서 아이스아메리카노 마심. 살고 싶음. 인간사. 나무아 미타불 관세음보살. 인스타그램에 옛 사진 한 장 사자성어 하나 남김.

결자해지結者解之

그와 같은 통념 속에서

전자파 차단 #정자지키미 17차 리오더 진행 중 잘 팔리는 이유가 있다 매일 쾌적하고 시원한 남자 건강 지키미 #스마트드로즈 4set 59,900원!

캡처했음

곧 죽어도 시는 쓰겠다고

써먹어야지 써먹어야지 하고 못 써먹은

카피도 다시 씹어봄

이 향을 맡으면 서로의 눈빛이 야리꾸리해져요

눈을 의심했었는데

술만 처먹으면 야리꾸리해져서

다 줄 듯 들이대던

멀고도 가까운 이반 시절 이야기

너랑 나랑

종로3가에서 삼겹살 구워 먹고

가로등 아래에서 뽀뽀했지

너는 몰랐겠지만

얼마나 움켜잡고 싶던지

내던지고 싶던지

너무 젖어서

버스에서 울어버렸다

줄걸 몰라 다 줄걸

너는 그렇게 떠나서 어디까지 갔다 왔니

네가 다녀온 저세상에 코를 박고

흥분하고 싶다

향기롭겠지

진정

향기로운 것으로 시를 쓰지는 말자

남들은 다 그리해도

입만 열면 삼삼오오 년들을 내뱉는 어린 것들과

오전 11시 50분 서울 33아 3350에 타기 전 터져

버린 취객의 울음으로

어제 주고받은 말

형도 조심해

그래, 정철아

이제 어디 가서 꼴페미라고 안 할게

네가 가진 것도 탐하지 않을게

맞벌이하는 아내와

대를 이을 자식과

가정용 휴머니즘

언니, 저 마음에 안 들죠

수진이가 경원이에게

시는 이처럼

약 빨고

n번방 관상은 과학일까

인류의 대가리를 망치로 내려치고 싶다

결심하였다

저지른 일을 스스로 해결하기로

궁금하지?

네가 무슨 일을 저질렀는지

사람이 더러워서 그런가,

그런가

민쟁 누나의 발화를 캡처하며

봉독하며

끝맺기로 함

지금부터는 살리고 싶은

시, 변소

인간은 오물 주머니에 불과하니

뒤집어써라, 중생이여

부처님 말씀

부처 생축

큰 시

작은 행복은 도봉로10길
잔치국수에도 담겼으니까
큰 시를 쓰기로 하지요
국수 위에 흰색과 노란색 고명을 솜씨 좋게 얹듯이

애, 며늘아가. 떡국에 넣을 지단은 다 부쳐놓았
느냐?
이제 이런 소릴 당당하게 하는 시어머니는 없지만

우리 며느리 개 사랑이 대단해
요즘은 시어머니가 개 다음이래
시어머니 3인방은
웃으면 복이 온다

어딘가 복스러운 사람을 보면

무럭무럭 자라서
인류의 등불이 되길
부러워서 부끄럽게
열심히 지켜보았다
해시태그 인생사

연우는 나중에 정발산을 어떻게 기억할까
종아리에 알이 꽉 차서
영혼이라는 민둥산에 묘목을 심는 사람으로
사랑받았음

도봉로10길에는
제 자식과 손자 손녀를
(며느리는 잘 모르겠고)
사랑하는

개를 자식처럼 끼고 사는

그 집 며느리가

저출산시대의 대표 주자

문재인이 중국만 막았어도

큰 그림 그리는 시어머니들이

있음으로써

남자를 며느리로 들일 생각이 없는 어머니 생각

가정에 관해

심리테스트를 하면

집도 문도 창문도 나무도 크게

큼지막하게 그리는 남자와

가꾸어가는 삶이

손에 잡혀서 속이라도 후련해지자

말하게 된다

이태원 클럽과 유흥업소 등에서 코로나19 집단감
염이 일어난 후 악의적인 보도로,

(됐고) 국민 망해라

이명박근혜 사면하면 전두환 꼴 난다

쓰지 않고 지지고 볶으면서도 행복한 우리(생일
축하해!)

그런 가족은 버려도 괜찮습니다

혈연 지연 학연 중에 끊어서 가장 후련한 건

핏줄

손목을 그어본 적 없는

가족과 불화하지 않는

처조카 시어머니까지 챙기는 사람을 보면

멸시하고

(저런 애들이 뒤에서 운다)
멸시를 되돌려 받아도 마땅하다 여겼다

너는 계속 그렇게 살다 혼자 가라

도봉로10길에
오전 열 시에 술떡이 돼서
해물포차 출입구에 주저앉아 홀로 우는 이
섧게도 운다 젊은 개
마스크도 안 쓰고
술을 곱게 처먹어야지
시어머니 3인방은
어느덧 위풍당당하여
지난날 남편 욕한다
이제 이빨이 다 빠져서

그래도 갈 때는 편히 가더라고
우리 양반은 집에서 꼼짝을 안 해요

누군 없나, 남편
우리 집 오빠는 풍치 스타일
잘 때는 이 갈고
손잡고 걸어가는
남녀를 보면 자신만만하게
씹는다
세상 참 잘 돌아간다
너희가 이성애를 하든 말든 관심 없으니까
그냥 조용히 살라고 나오지 말고
이에는 이가탄
요즘 우리네
동성 부부의 낙은 무엇이든 물어보살

살

살

이승에 미련이 없을 적에

(요샌 미련이 쌓여 차전자피 분말을 한 포씩 물에 타 먹고)

보살님을 찾아가 물어보았다

떠날까요 붙을까요

길게 흘릴 팔자야

그리고 나는 쫌 하며

산다

김희애 성대모사

그 결혼은 지켜!

부부의 세계

거기가 어딘데

도대체 누군데

작은 행복에 몰두하는

시어머니 3인방을 보면 궁금해진다

현이는 나중에 이승을 어떻게 기억할까

뿔소라

깊은 밤에
귀를 대보면
나는 무시무시한 것을 앞두고 있다

파도에 휩쓸려 가는 비치볼처럼
잡지 못해 이끌려 가는 영원한 사랑

개는 한동안
그대로 그렇게
허공을 향해 짖다가
가녀린 인간의 어깨
삐뚤어진 입술
빛바랜 눈동자
한 줌 영혼
여름 바다에 빠져 죽진 못하고

잃어버리고
집으로 돌아온
텅 빈 것을
믿고 따른다

혼자 꾸는 꿈이
대관절 멀리 가는 이유는
알맹이가 없어서

껍데기는 껍데기를 알아보고

개는 얌전히
사랑의 앞니가 빠져
헤벌쭉 웃는 인간을 품에 안고
살고자 하면 죽고 죽고자 하면 산다

존나 쿨한 척하는 인간치고 진짜 쿨한 인간 없음

죄다 암에 걸리고

손수건을 쥐여주면 눈물 흘리고

게딱지에 밥 비벼 먹는

애쓸수록 사랑스럽다

사람의 사람됨이여

뿔소라의 내장에는 독이 있다

사랑에 관해서라면

날뛰는 개에 대해 말하지 않을 수 없지만

뿔이 난 것에 입술을 대면

진실을 말하고 싶어서

개소리를 지껄인다

우리는 개같이 사랑하지

아무 데서나 붙어서

이 새끼들이 재수 없게

돌멩이는 날아들고

붉게

헐떡이는 걸 감추지도 못하고

줄행랑쳐서

모래성에 숨어서

숨죽이고 본다

죽으려고 환장한 이 빠진 바보 곁에

개 한 마리

눈이 부셔서 흥얼거리지

사랑으로 눈먼 가슴은 진실 하나에 울지요[미]

귀를 대보면

밤의 해변에서 혼자
월트 휘트먼의 시보다 영화가 더 먼저 생각나는 건
김민희와 홍상수 때문

세상에 불륜이고 싶지 않은 사랑도 있니

껍데기에 대고 기원하면 껍데기를 얻고
알맹이에 대고 기원하면 알맹이를 잃는다

잘 잤어요
분리수거 다 해놓았어요
오늘은 일곱 시 삼십 분 퇴근
저녁 같이 먹어요
쪽

사실 개는 여기 없다

이미 멀리 도망갔다

ㅁ 최진희, 「사랑의 미로」에서 인용.

릉, 묘, 총

남자 둘이
의릉 보러 가서
의릉은 못 보고
꽃나무 한 그루 보고 왔다

넋이 나가서

나무엔 학명이 있을 테지만
서정은 그런 것으로 쓰이지 않는다
삶이라면 모를까

연우 아빠가 연우 때문에 식물도감을 샀다

웃고 있는 젊은 아빠가
아장아장 어린 아들을

그늘에 앉히고
나무의 이름을 알려주는 풍경을
그렇게 많은 시에서 보고도
나는 쓴다
도무지 가질 수 없어서
아름답다 여긴다
포기하면 쉬워진다

나도 어린 아들일 때
부모와 꽃그늘에 앉아
일어나지 않은 일을 생각하고
고아가 된다면
아버지가 든 카메라를 보고
활짝 웃었다
나중에 보면

꼭 뒤에 묘가 하나씩 찍혀 있고

봄날 동네 릉을 찾고
층에서 한번쯤 팔짱 끼고
사진 찍는 남자 둘이
그늘에 앉아 고분고분
꿈꾸는 대화

아들이 좋을까?
딸이 좋을까?

무덤에도 입장 시간이 있다

푸코

푸코는 승훈이와 살던
고양이

승훈이는 푸코를 좋아하고
푸코도 승훈이를 좋아해서
무슨 일이 벌어진 건 아니다

행복은 꼭두각시가 아니므로

푸코가 떠나던 날
승훈이는 코를 풀고
약을 먹고
산언덕 교회에 사는 종지기를 찾아갔다
철학적이어야 할까
빛이 어둠에 뿌리내리듯

종지기는 종을 쳤다

승훈이가 김치찌개에서 두부를 건져 먹고

코를 풀고 약을 먹고

산언덕 집으로 가서

푸코를 꼭 껴안고

산언덕을 올라 비탈길을 걸어

고소한 빵 냄새가 피어오르는 굴뚝을 지나서

진리를 탐구하다가

절름발이 되어

푸코는 승훈이의 묘지로 갔다

사랑의 꽃을 뜯어 먹고

살았다 푸코는 승훈이를 지켜보고

승훈이도 푸코를 지켜보기 좋아해서

눈을 떠보니

산언덕 호수에 빠져 사는

천사가 다녀가시어

백색 침대보는 젖어 있고

기쁨은 종아리가 얇아서

오늘따라 힘이 없었다

승훈이는 코를 풀고

푸코를 안고

산언덕 올라 비탈길 걸어

십자가 지나

작은 집 한 채

무덤가 백일홍 꺾어

푸른 호수 잔잔한 물결

땅 파고

무덤에 입 맞추고

물 떠 마시고

꽃잎 뜯어 먹고

고소한 냄새 잊을 수 없어

종은 울리고

길은 사라지고

산언덕 찌개백반집에 들어가

승훈이는 코를 풀고 동태찌개에서

두부를 구해 먹다가

입안이 딱딱해서

푸코를 차곡차곡 꺼내 옆에 펼쳐두었다

울었다

승훈이는 푸코를 좋아하고

푸코도 승훈이를 좋아해서

둘은 연이어 사랑했다

불행의 가시에 혀를 찔려도

승훈이는 푸코와 살던
사람

침대는 영혼의 무게를 느끼지 못한다

너는 침대에 누워
가까이에 울음이 도사린다는 생각
죽어간다

죽음은 큰 그릇이야
삶은 쏟아질 듯 쏟아지지 않는다는 걸
모두 알지
참을 만큼 참고

너는 몸을 빠져나온다

눈 감은
입술이 벌어진
창백한 너를 보면서 너를 불러야 할 마땅한
말을 찾는다(첫 번째 임무)

시체, 떠돌이, 불구, 말 없는 자……

영혼은 뒤를 돌아본다
(영혼의 두 번째 임무)

이제 거기 없는
네 곁에서 점차로 일그러지는 얼굴

"   "

그는 속삭인다
살아 있는 말로
영혼이 들을 수 없는

영혼은

그의 곁으로 가서 속삭인다(영혼의 세 번째 임무)

영혼의 말로

적힐 수 없는

"   "

너 없고 네가 남긴 삶이

네가 누워 있던 침대는 고스란히 남아

매일 밤 영혼은

슬픔이 일렁이던 침대

비탄에 백기를 들던 침대

사랑의 머리카락이 붙은 침대로 돌아간다

너였던 것처럼

누워서 의문에 빠진다

(영혼의 네 번째 임무)

그

소리와 분노

입맞춤

마지막 속삭임……속삭임……속삭임……

영혼이 잠을 설칠 때마다

그는 영혼을 향해 돌아눕는다

영혼은 영혼을 마주하고

아무것도 아니고 무엇도 없는 것을

껴안은 영혼의 무게는

너의 스프링을 움직이게 한다

왜일까

왜 당신을 안지 못하는 걸까

영혼은 산 사람을

맴돈다

(영혼의 임무)

푸아그라

눈앞에 펼쳐져서

혁명합시다
당신과 가계를 이루지요

가금을 가까이하고

그들이 한 노동자
비무장 시민에게 총구를 겨눌 때
그의 영혼은 불타올라서
죽음보다 먼저 선봉대에 서서
하얗게 그을리지요

터진 베개에서 솜이 삐져나오고
실체에 다가가

속을 알면

털 하나 없이

영혼의 실밥을 발견하거든

저기, 거기, 흰 것이,

몸은 가벼워지지요

굶주린 채로

산 채로

물거품을 위한 언어

비통한 소년이 랍비를 찾아갔다. 랍비는 팔 다리 머리가 하나씩. 일맥상통一脈相通. 밤새 목이 길쭉해진 소년을 데리고 꿈의 해변으로 갔다. 말할 수 없이 멀고 말로는 가까운. 소년과 랍비는 눈을 보기 위해 수면 위로 얼굴을 뾰족이 내민 인어들을 보았다. 하나둘 녹고. 떠오르기 위해. 환희에 차서. 소년이 랍비에게 물었다. 사라질까요. 랍비가 소년에게 말했다. 이제, 눈을 떠도 괜찮습니다. 랍비는 언어의 꼬리지느러미를 소년에게 주었다. 소년은 슬픔이 지느러미를 위아래로 움직이며 나아가는 걸 지켜보다가 순식간에 사라졌다. 랍비는 잃어버렸다. 영원히 조용했다.

릴케가 본 것

이 땅에 내려오시네

명절을 맞아 한낮 스타벅스에 모여 앉은 조선 남자들이 태국에 한번 다녀오자고 의기투합 중이었다 어린애들을 끼고 놀다가 떼 씹을 하자는 것이었다
우리도 좀 풀고 살자

또한 릴케는 보았다

시외버스터미널 화장실에서 두 남자가 만나는 것 신호를 주고받는 것 볼일을 마치는 것 두 남자가 올리브유와 스팸 선물 세트를 각각 들고서 고향으로 가는 버스에 오르는 것 향수에 빠진 것 갈구한 것 후회하는 것 두 사람이 얼떨결에 손 흔드는 것

릴케는 문전박대당했다

빈털터리 늙은이 귀머거리 호모 새끼 날개 없는
천사

릴케는 비렁뱅이가 되어

세계 곳곳의 문을 두드렸다

은유가 있는 한

세상은 종말을 맞을 자격이 없다[주]

거짓말쟁이 신용불량자 여장남자 광대

릴케는 또한 보았다

연탄불 위에 목욕물을 올려놓은 노부부가 따뜻
해지기를 기다리다 쥐도 새도 모르게 입을 다문다
마지막까지 순종하는 맨손과 맨발 언제까지고 졸아
드는 물과 작은 개가 거품을 물고 올려다보는 수증
기 여기 하느님의 어린 양들이 축원을 기다리노니

이 땅에 내려오시네
릴케는 노래했다

성부와 성자와 성령의 이름으로 아멘
여기에서 절대 멈추지 마!

릴케는 부러진 십자가와
악마와 저주와 날벼락을 앞장세우고
보좌로 갔다

하느님을 무릎 꿇리고
눈물 흘리게 하고
보게 하였다
하느님의 어린 양들을

어찌하겠나이까?

릴케는 마침내 보았다

¤ 비스와바 쉼보르스카, 「베르메르」에서 변용.

뿔소라

봤지?

당신이 해변에서 보지 못한 것들에 관해 말해줘요

멀리서만 빛나는
희고 뾰족한
침묵의 뿔은 다물수록 자라나 언젠가는
입을 크게 벌리도록 합니다

오밤중에
껍데기를 썼고
손에 쥐고
사랑이라는 누더기를 걸치고
알맹이도 없이
밤과 숲과 달

개를 끌고 다니면서
개에 대한 사랑과는 별개로
슬프게도 똥을 치우는

콱
찔릴래?

껍데기에 귀를 대면
(파도 소리)
눈길을 주고
(어두워!)
입술을 붙이며
혀를 은근슬쩍 밀어 넣으면
(진실을 말해)
그 사람에게서 나를 빼앗아주세요

죽음은 근린공원 벤치 아래에 숨고

일요일의 묘지에는 사랑이

개똥을 밟고 모른 척

구린내를 풍기며 다니는 사람으로 인해 작별은

시작된다

아침에

잿빛 지빠귀들이

봄의 가장 여린 나뭇가지 위에서

영혼을 울릴 때

운구 행렬은 지나가고

그러니까 우리 숨넘어갈래요

땅속에

부스러진 뿔을 묻으면서

알맹이가 되게 하소서

똥주머니를 옆에 차고

개의 가장 사랑스러운 품속에서

사랑의 멸시를 원해

입 벌리고 울다가도

뚝

울음을 그치고 일어나

껍데기를 끌고 집으로 가

설거지하고

저기 저 먼 곳

빛나고 있는 것을 지켜보는

너도 원하지?

당신만을 사랑해

해변에서
끼룩끼룩 끼룩끼룩
노래하던 사람이
끝내 노래하며 죽기를 기도해도
마지막에 그를 노래하던 사람으로 만드는 건
산 사람일 뿐

당신이 해변에서 본 것들에 대해 말해줘요
별과 갈매기 똥
꿈이 없었더라면
이 사랑을 어떻게 견뎠을까요

항문외과 의사 이필잎을 저주합니다

(주의
이 시에는 오점이 있습니다)

가을이 속되게
갔다
눈이 내렸다

저녁에 공장으로 들어가
아침이면 나오는 사람이
사계절 존재했다

존재감이란

엊그제 오후 나라는 사람은
항문외과에 갔다 의사를 만났다

언제부터 찢어졌어요?

(찢어졌나요?)

동성애 해요?

(동성애 안 하는 남자도 있나요?)

그럼 문제는 하나네. 똥. 똥입니다.

사계절 존재감을 염두에 두고

똥 싸는 사람도

찢기는 가슴으로

저녁에 공장으로 들어가

아침이면 공장에서 나오는

똑같이 생긴 개체를 보고 또 보아서

이름을 불러주었다

사람이라고 이르지 말 것
경고를 받았으나
남몰래
개체의 이목구비에
점을 찍었다
오점 없는 인간은 없지

남의 집 거실에 토하고 똥 싸고 뒹굴었다. 무의
미하고. (개에게 미안하지만) 개 되었다. 네 발로
임의 품으로 달려가 단란한 가족의 앞날은 잊고 개
똥밭에 굴러도 이승이 좋다는 사념 끝에 한 번쯤…
목맬까? 까마귀 날자 배 떨어진다. 임은 아실까. 그
날 오물 범벅된 내 심사. 남은 모르지. 나도 몰라.
우리는 두 번 다시 그런 사이로 돌아가지 않았다.
안녕을 고하고. 이런 가정이라면 누군들 실존적이

지 않을까. 그러므로 그것은 거짓 실존. 참으로 이렇게 살아서 이렇게 살다가 묻히도록 하겠습니다. 잊지 말아주세요. 제 오점을. 인간의 오점이란 이토록 지워도 지워도 끝이 없는 것. 그러나 한 가지 꼭 묻고 싶은 게 있어.

깨끗하니?

나라는 사람
세숫대야에 미온수를 받아놓고 앉아
케겔 운동으로 괄약근을 강화하며
인간의 오점을 헤아려보았다
네, 동성애는 하고, 애널섹스는 안 합니다
카카오맵 평가하기
1점도 주기 아까운 병원입니다, 의사가 기본이
안 되어 있어요, 기본이

존재의 기본이란

떠오르는 해를 본다고 알 수 없지만

그 사람

눈이 수북이 쌓인

공장 옥상에서

두 손을 모으고

신께

줄지어 출입 카드를 찍는

자신과 똑같이 생긴 개체들을 보다가

나라는 존재는 어떻게 응용 발전되는가?

사계절 같은 질문을

같은 시각에 해보는 것이다

나라는 사람은 한밤
동성애를 하였다
동성애란

오늘 항문외과에 갔는데 의사라는 작자가 대뜸
동성애 해요, 하고 물어보는 거야
미친 새끼네
씨발 새끼지
거기, 다신 가지 마
검색해봤는데 찢기고 아물며 늘어진 살을 자르
기 전에 주님께 고하노니
개독 박멸
한다고 말할걸
같이 저주하자

부디 그들이 교만과 무지함에서 벗어나 겸손히
주님이 행하신 일을 증거하고 성령의 역사를 기대
하는 존재가 되게 하소서

나라는 존재가

옥상에서

흰 연기를 내뿜고

신께 주먹을 먹일 때

저녁에 공장으로 들어가

아침이면 공장에서 나오는 사람이

하나둘 나타났다

눈은 부절히 내리고

누구 하나

항변하지 않았다

이미 세계는

신의 큰 그림

새하얗게 아름다웠으므로

같이 할까
콕링을 끼고
윤활제를 바르고
마음에 없는 욕지거리
주먹 쥐고
깊숙이
우리 존재 파이팅!

그뿐

눈사람을 둥글게 만드는 법은
누구에게 배워서 아는 게 아니다
수아야
너는 눈이 빛나야 할 곳에
노란 은행잎을
올려놓을 줄 아는 사람으로
태어났구나
네가 옳다
이 순간 먼 훗날
부모도 순진무구하여
슬픔의 눈보라에 휩싸이고
너는 눈사람을 만들어
세워두겠지
가지 않은 길
눈물의 초입은 언제나 맑고

빛나

녹아내려 부모를 인도할 거란다

더 깊고 어두운 심금으로

한 송이 연꽃을 피우도록

수아야 부모 알기를 두려워하지 마라

네게도 슬픔이 커서

기쁨의 부츠에서 발을 빼야 할 날이 올 테니까

그건 또 부모에게 얼마나 큰 환희겠냐

맨발로 눈밭을 걷기로 작정한

자식 앞길에 등불을 들고 선 부모가 된다는 것은

부모와 자식은 어느새

백지장 한 장 차이라는 사실

인간은 가벼이 살아간다

가끔 눈송이를 혀 위에 올려놓으면서

까불면서 알 수 없으면서 복받치면서 모르쇠로

수아야

눈이 녹으면 사람들은

다시 눈을 기다린단다 인생은

그뿐

축하해, 너의 세 번째 눈사람

관엽수

가정집 거실 떠올리며

눈 내리며 흰 여인이 불빛 새어 나오는 병원 창
문 올려다보며 희도다 나부끼며 그녀는 발코니를
확장하고 살았다

가정에서 키우기 좋은 물 주며 기도하며 죽이고
살리며 병실에 화분을 두며
그 병원 몇 호실에는 살아 있다고 생각하지 않는
사람도 있음으로

아픈 자식이 잠든 아빠의 머리 위에 노랗고 작은
고무 오리 올리며 엄마 기다리며 남자는 이토록 생
생한 꿈이라면 꿈이 아니라고 언제 이렇게 다 컸어
창가 잎 넓은 식물 뒤로 가서

울먹였다

겨울 지나며 봄 여름이 되며
햇빛이 없는 곳에서도 잘 자라 관리가 어렵지 않
으며 창문 여닫으며

단란하며

고양이는 어떻게
사랑의 미스터리를 완성할까

야옹, 해봐
자꾸 그리고 시작되므로

전염병이 돌았다 한 가난한 방직노동자가 집을
나섰다 버려져서 일용할 양식을 찾아 밝을 때는 보
이지 않고 어두울 때는 숨죽이는

구걸하지 말자 다짐해도 구걸하고 아뿔싸, 자본
가의 입속에서 윤이 나는 금이빨을 보았다 아무도
모르게 돌로 쳐 죽이면

세상엔 음악이 존재하고

모자를 내밀고 허리를 숙이고
그때 가래침을 뱉으며 지나가는 자의 뒤에서 유

유히 나타나

　야옹, 해봐

　가난한 방직노동자는 복숭아 넥타를 들고 발을 구르며 행복에 야유를 보냈다

　궁둥이에 뿔이 나서 앉지도 못하는 그걸 무엇에 쓰나

　과거에는 누구나 현자였으므로 단단한 씨앗을 연인의 부드러운 발가락 사이에 끼워둘 줄 알았지

　한밤 사랑은 끝이 없어라 그러나 아침이 와 탄생의 해일이 마을 가장 높고 작은 지붕을 덮치면 어제

와 같은 오늘은 없으리

네발로 사뿐사뿐

야옹, 해봐

가난한 방직노동자가 집으로 들어섰다 꾀죄죄한
남편은 떠난 자식을 잊지 못해 깊은 잠에 빠져
가난한 방직노동자는 하품을 크게 하고 그를 흔
들어 깨워 복숭아 넥타를 마시게 했다

야옹
슬픔을 영원으로 굴려 보내고 어둠 속에서 기회
를 노리며

고스트 스토리

삼촌, 내가 꿈나라 얘기해줄게

애는 유주야

유주는 작년에 꿈나라로 갔어

내가 유주한테 울지 말라고 했는데 유주가 울었
어 유주가 울어서 수아도 슬펐어

끝

수아야, 삼촌이 꿈나라 얘기해줄게

삼촌이 아가이고 수아도 아가일 때 삼촌이 눈 코
입이 없어서 수아는 슬펐어 울었어 삼촌도 슬펐어
울었어 그랬더니 눈 코 입이 생겼어

끝

할로윈

어둠이 뿌리째 뽑힌다

호박 속을 파서
눈을 만들고
코는 삐뚤
입을 뚫고

텅 빈 언어 속에 불 밝히고
돌고 돌면

뒹굴뒹굴 굴러다니는 것
발에 차이는 것
깨뜨리면 개나 고양이가 달려와 냄새 맡고
사라지는 것

탄생하라

인생을 줄여 말하면

다음 날 우리는 연옥에서 고통받는 이들을 위해
기도한다

울음이 주렁주렁 매달린 넝쿨에도

행복의 씨앗은 남아

어두워라 빛남이여

네 언어가 어디에 뿌리내리는지

너만큼 아는 이는 없다

불 끄고 어서 와

혼령들이 웃으며 세상을 떠돌아다닌다

무표정으로 죽어놓고

너는 알걸

귀여운 느낌

말이 사라진 친구의 능동적인 측면

사랑의 손발이 차가운 데는

물론 이유를 안다고 해서

일요일은 묘지
눈물을 세웠다

아무도 보지 못하게
또렷하게
나는 열십자로

여름이 가슴이
징하네요 정말로

지나간다 어디를

누구라도 괜찮다

여름이 아직 다 오지 않았는데도
겨울 이불을 널었다
너를 덮어두려고
어젯밤에
죽은

쓰르라미의 껍질을 주워서
너와 나눠 가졌다

우리가 원하는 사랑은 이토록 텅 빈 채로

너와 나는 알았다
우리가 얼음 호수 밑을
사랑이 자꾸만 발목을 잡아당겨서
오랜 시간 떠내려가고 있다는

사실의 이불을 들치면
퉁퉁 불어터진 슬픔이
말도 없이 거기
우리의 형상을 하고
누워 있을까봐
너와 나는 혼비백산했다

꿈은 무덤 아니
무덤에서 튀어나온 흰 꽃대

나는 너의 손발을 밧줄로 묶고
입에 재갈을 물리고
욕조에 내동댕이쳤다
양동이를 들고
출렁거리는 물을 부었다

구멍을 막지 않는 한

정말로

우리 사랑은 죽음의 보살핌 속에서

이불이 마른다

자국

된다

손톱만큼도 뉘우치지 않고 죽은 이를 저주하면
되겠다

여자는 둥글기만 해서
피를 볼 줄 모른다

울기만 해선 세상을 이길 수 없는데
이를 악물고

키우고 싶어
금방 죽일 거면서 잘 알면서

올리브나무나 우산나무도 아니고

남모르게

살리는 것보단 죽이는 게 쉬우니까
사시사철 뜨거운 사람도 아무나 하는 게 아니니까

교—오—양 하며
남의 면상에
물 한 잔 시원하게 끼얹는 상상은
나만 하니

손이 고와서 어쩔 줄 모르는

물러설 줄 알면
들이받을 줄도 알아야 한다고 들었는데

여자의 심지는 짧아서
불이 확 붙나 보자

새끼야, 죽어버리면 그만인 것 같지

키우면 된다
되겠다

죽은 자는 말이 없음으로써 너는
이게 뭐라고 생각하니

세상의 여자들이 말문을 열면
안쪽에
마지막 순간까지 몸부림을 친 흔적이 남아 있다

미움이 많은 사람이 쓰는 시

그 시에는 미움이 없다
대신 오리가 그려진 티셔츠를 입은 사람

그런 사람은
엉덩이로 바지를 먹고
비스듬히 서서
버티고개까지 간다
그를 보며
웃는 사람이 뒤에
있다는 사실을
그가 안다면
미움이 가셔서
그는 미움이 없는 사람일 텐데

적군의 탱크와 개미 행렬

불바다 위에서 손을 번쩍 든 사람

어릴 때 평화통일 포스터를 그리라고 하면

그는 꼭 그렸다

미움이 많은 사람

복도에 붙여둔 최우수작을 보면

항시 비둘기 나뭇잎 파랗고 하얀 마음

아무도 안 볼 때

그는 거기에 때를 묻히고

그런 시에는

때 묻지 않은 구석이

8연 5행쯤

미운 오리 새끼의 밉지 않은 부분

머리를 물속에 처박는 찰나가

적힌

아무나 좋아하는 구절을

그는 써넣는다

아무도 좋아하지 않는

12연 4행

미움이 많은 사람이 쓰는 시에는 미운 구석이 있다

이 말을 숨기려고

엉덩이로 바지 먹은 친구를 보면

꼭 가서 빼주는 친구보다

미움이 많은 사람은

배가 고파서 부ㄲ부ㄲ

씩 웃으며

바지 빼는 친구에게 주목한다

그런 사람이 그린 포스터에는

항시 흰색 포스터물감으로

떡칠한 부분이

우리의 소원은 통일

쓰나 마나 한

쓸까 말까 고민하지 않은

표어가 적혀 있다

그런데도 장려상쯤은 받고

무해해서

바지 먹은 엉덩이

삼선 슬리퍼 앞으로 발이 쑥 나와 있다

문이 열리고

저기요, 뒤에 바지 먹었어요

말해주고 내리는 사람은

어디서나 미운털이 박혀서

입을 오리 주둥이처럼 내밀고 다니고

그런 사람이 쓰는 시에는

항시 사람 좋은 사람

평화통일 포스터 대회

장려상 수상을 자랑스레 여기는

오리를 좋아해서

오리고깃집에 오리 티셔츠를 입고 가는

엉덩이로 바지 먹은 사람이 나온다

그 시에는 오리가 없는데도

꽥꽥 소리가 나고

행복한 사람

자기 집 마당에

장미과 장미속을 심고 가꾸는 사람을 훔쳐봤다

너무 행복해 보여서

몰래몰래

담을 넘어오면 꺾어버려야지

가시에 푹

찔려야지 순수하게

시샘해서 눈물 흘려야지

행복은 훔칠 수 있을 때 훔치는 것

돈으로 살 수 있는 걸 돈으로 사는

행복한 사람은

물욕에 절절매지 않아 무난하다

매사

모두 다 무난하다고 여기는 사람을 보면

집에 산세비에리아 화분은 꼭 하나씩 두고

산세비에리아의 꽃말도 어쩜,

관용

스스로 물 주고 비료 줘서

혈행이 좋은

색 붉고 가시 두꺼운 장미과 장미속을

똑똑 잘라서

고품격 화병에 꽂는 손모가지는

아무쪼록 생기로워서

훔쳐보게 된다

저런 손목도 비 오면

파전 앤 막걸리

눈 오면

양꼬치 앤 칭따오 하며

남의 손목을 덥석 잡을까

눈물이 차올라서 고갤 들어

두 손목으로

눈가를 앙앙 눌러줄까

들켜버릴까

있는 집에서 자란 애들이 그늘도 없다

밝다 밝은 나머지

손수건을 건네줘야지

닦아서 나 줘

행복한 사람의 눈물 맛은 어떨까

혀를 대봐야지

엄마야, 놀래라

이렇게 맛있는 게 행복

눈물의 정수구나

뒤로 넘어가야지

코가 깨지는 행복도 가만 보면

자기 집 마당에 장미과 장미속이 풍성한 사람이

잘 갖고 논다

미련이 없거든 어차피

한 세상 살다 가는 우리

(인간에겐 희망이 없다는 것이 힐링 포인트)

행복은 가까이 있다는데

남의 집 장미 넝쿨이

이럴 수가 아름다워 보여서

희망적인 사람이기로 했다

꺾이지 않는

피를

똑

똑

똑

흘리면서

도망쳤다

행복한 사람은 쫓아올 생각도 없는데

뿔소라

선물로 줄게

언젠가 연인들도 조용해진다
아무 일 없이

봄날 풀씨
하나가 엄지손가락 위에 내려앉고
대도시 어딘가에
살아 숨 쉬는 것이 있다고 생각해봐도
풀씨는 시간을 건너온 것이 분명하다
괜한 첫사랑

잔잔한 파도가
몽돌 사이로 밀려왔다 가도
떼구루루 소리 나는 것처럼

홀로 걷다 보면
다른 방향에서 걸어오는 사람을 보게 된다
행복보단 불행을 확인하기 위해
소리 없이
나뭇잎은 흔들리고
끝까지 채웠던 침묵의 단추를 푼다

너에게
우린 그때 그렇게 헤어졌지만
나는 비로소 너와 헤어질 준비가 된 것 같다
사랑스러운 사람과 알콩달콩 지내면서
자니?

쓰고 나면

언젠가 후회할 줄 알면서도 우리는 쓴다
어리석어서가 아니라 지혜롭지 못해서

너를 향한 편지로 이 세계를 구할 수는 없다
밤에 혼자
유리잔에 따라 마시는 맥주라면 모를까
유리잔은 언젠가 이가 빠지고
코가 깨지고
피 흘리게 되므로
미련 없이 버려지므로
찾게 된다
그 잔이 어디로 갔지

이제 와서
너를 향한 나의 마음이 이러한 것이라 해도

어스름한 저녁에
책상 앞에 앉아 뿔소라에 귀를 대보면
언제 왔는지
어디서 왔는지
네가 어깨에 손을 올리고
묻는다

뭐 해 불도 안 켜고

저 세상은 화염에 휩싸이고
얼어붙고 메뚜기 떼가 창궐하는데
삶은 메시지를 보낸다
우리를 속이기 위해서
속아 넘어가면서 우리는 재촉한다

사랑하지

편지를 쓰는 동안
그 편지는 아무것도 아니다
뿔소라가 뿔소라일 때 아무것도 아니듯이

PIN

033

김 현

에세이

♡

보이시나요, 저의 마음이,

왜 이런 맘으로 살게 되었는지.

―영화 「밤의 해변에서 혼자」*

1부

그는 혼자였다. 나도 그랬고. 혼자서 해변을 걷
노라니 온갖 상념들이 반복적으로 밀려왔다 밀려가
곤 했다. 그 여름 해변에서 네가 내 손에 쥐여줬던
조개껍데기에 관해. 사랑할 때만 소중한 것에 대해.
이런 말 한마디. "알맹이를 알아보는 사람이 되자."
자국을 남기며 나아만 가는 사람과 남겨진 자국 없

* 홍상수 감독, 2016.

이는 살아갈 생각이 없는 사람 중에 껍데기에 더 충실한 사람은, 하고 떠오르는 의문. 그러니까 생활의 개선이나 영감의 원천과는 대체로 무관한 생각들이 그저 '해변을 걷고 있음'이라는 이유로 떠올랐다 사라지는 것이었다. 해변에서 사뭇 진지해지는 사람을 사랑했다.

모래로 만든 무덤과 성, 샌들 한 짝, 물개 모형과 유리병, 형광색 머리끈과 비치파라솔, 열쇠! 깃털과 뼈, 흑색 화약이 남은 폭죽, 젤리 포장지…… 잃어버린 줄도 모르고, 찾고자 해도 찾을 수 없는, 버린, 두고 온, 돌이키고 싶은, 되돌아갈 수 없는, 약속했던, 사라지는, 추억하고 싶은, 쓰레기가 아니라 수평선과 인력과 지형과 풍광, 영속永續과 기원祈願, 끝도 없이 죄를 짓고 그런데도 끝도 없이 원하는, 내가 새라면 당신의 행복을 물고 더 멀리 날아갔을 텐데, 떨어뜨리고 올 텐데, 가까이에서 기쁨을 찾고 사람을 멀리하고, 극악무도와 순진무구는 한 끗 차이, 저기 서서 웃어봐, 담길 수 없는 것을 담고자 노력하고, 바다, 파도, 하늘, 구름, 해, 새, 해변, 모래,

바람, 혼자인 두 사람, 영혼과 육체 중 택일하여 인간에 관해 논하시오, 손 펴봐. 누구에게는 쓸모없는 것—사랑—을 꼭 두 글자로 적으려는 사람을. 해변에선 궁극적으로 한 단어를 한 단어로 쓰고, 두 글자는 두 글자로, 적을 수 있는 것을 적지 않고자 노력하는 사람이길 원했다. 나는 나예요, 당신은 당신이고요, 사랑은 알 수 없어요. 해변에서는 절대 뒤를 돌아보지 않는 것이다.

이처럼 그와 나는 해변을 걷고 있었다. 그는 멀리 있는 포구의 빨간 등대를 향해 계속해서 걸어가는 듯싶더니, 긴 나뭇가지를 주워 들고 돌연 멈춰 섰다. 나도 걸음을 멈췄다. 주저앉았다. 인적이 드문 모래사장이었다. 그는 내 쪽으로 한 번도 고개를 돌리지 않았다. 그는 바다를 마주하고 앉아 나뭇가지로 모래 위에 아무것도 아닌 듯 보이는 선을 반복적으로 그었다. 무작위로 나타나고 교차하고 갈라지고 뭉개지는 선의 언어는 꽤 감정적이어서 그와 그가 해변에 있다는 것, 그도 혼자라는 사실에 주목하게 했다.

멀어져야 비로소 보이는 것이 있다. 존재에게서 떨어져 있으면 제자리를 찾아가야 할 것들은 제자리를 찾아가고, 끊어내야 할 것은 끊기고, 이어지고 싶은 것과는 이어지고. 아뿔싸, 사랑의 뭇매를 견디고, 해안에 장대하게 펼쳐진 기암절벽을 보면 한순간 경이에 차서 창조의 복부가 뜨끈뜨끈하리. 알 수 있을 것 같았다. 왜 이런 맘으로 살게 되었는지. 이런 식의 말이 이해될 것 같았다.

"다른 사람은 모르겠는데, 너는 간직할 것 같아서. 껍데기를 줘도 껍데기로 보지 않고."

타인의 언어는 어째서 모두(!) 시적일까. ―열 수 없으므로― 어두컴컴한 시에 넣고 환하게 켜두고 싶다. 그는 어디에도 머물지 않으며 누구와도 있지 않고 그 자신을 바라보지 않았다. 해변에서는 누구나 남길 것인가 지울 것인가, 선택의 기로에 선다. 해변에서 그런 갈림길에 서보지 않은 사람을 나는 가까이하고 싶지 않다. 가지 않은 길에 관해 후회 없이 인간다운 척하기란 얼마나 어려운가. 나는 그가 사랑의 기로에 서 있길 바란다. 몰락은 대체로

위대한 창조로 이어진다. 다음과 같은 경우를 제외하더라도.

  떠나올 때까지 화가 났다. 가까운 것에서 먼 순서로. 나에게서 나에게까지. 보고 싶지 않은, 듣고 싶지 않은, 말하고 싶지 않은, 너무 정확해서 딱 떨어지고 싶은 시절과 기분에 관해 이렇게 막무가내로 쓰면 비통하게도 뻥 뚫리는 기분이 든다. 예술의 숙변이 해소되어 혈색이 좋아지고. 얼굴 좋아졌네, 다들 무슨 소린지 모르겠다고 추상적이고 파편적이며 이해 불가, 소통에 실패했다고 말했다. 소통에 성공하고 싶은 예술을 가마솥에 넣고 절절 끓을 때까지 기다리며 솥뚜껑에 삼겹살과 김치를 올리고 구워 먹는 자야말로, 예술 하고 자빠졌네. 자빠질 때 자빠지더라도 노릇하게 구운 삼겹살을 김치에 돌돌 싸 먹으면 한순간이지만 언감생심 인생의 나래를 펼칠 수 있을 듯하고. 행복이란, 이모 여기 마늘 구워 먹는 기름 종지 좀 주세요. 창조의 장막은 기름에 튀기듯 구운 마늘을 먹다 혀를 데일 때 열린다. 이런 식으로 계속하다 보면 나의 창조물은 당신의 뜻과 영원히 만나지 않고 평행선을 달릴 수 있을 텐데. 나는 당신의 의미와 맞닥뜨리는 예술과 사랑을 원한다. 이런 소리를 하면 똥을 싸고 있네, 라고 말하던 이가 있었다. 그는 저번에 저세상으로 갔다. 이승은 이제 좀 지긋지긋하다. 아, 하면 어, 하고 어헛, 하면 아핫, 하는 예술의 도가니를 푹 삶아서 내놓으면 잡숴주세요. 창조된 사실이 주는 깨달음이라는 것도 있으니까. 그에게 주입해보는 것이다. 그에게도 묵은 것이 꽤 많을 테다. 해 떨어진다. 해가 떨어지는 것을 보노라면 영원의 머리가 든 매운탕에 뜬 수제비 생각. 먹지도 않으면서. 쓰지도 않으면서 쓰고 싶은 생각, 죽지도 않으면서 살고 싶단 생각. 그도 아니면서 그와 같단 생각. 나는 내심 기로에 서 있었다.

그는 나뭇가지를 부러뜨린 후에 일어섰다. 왼손에 쥐고 있던 것을 앞으로 던지고 오른손에 쥐고 있던 것을 뒤로 던진 후 해변에 두 개의 자연물로 실로 큰 ♡—응이라 읽을 것—을 그리기 시작했다. 절반 다음엔 언제나 절반. 나는 두고 보았다. 그가

♡—도솔천이라 읽어도 무관—에 빠져 죽을 때까지. 허우적거리더라도 구해줄 생각은 없었다. 끝까지 보아야만 쓸 수 있다. 끝에 가선 누구나 진실로 한두 가지쯤 죄를 고하지 않나? 시간이 흘러 그는 사라졌다. 나는 일어나 걸어갔다. 끝에 도착하자 ♡—나래를 펼쳐 읽고 싶은 대로 읽으시고. 일테면 후라이드 반 양념 반— 안에 단 하나의 이름이 적혀 있었다. 나는 그것이 알맹이인지, 껍질인지 정확히 알기 위해서 그 이름을 똑같이 따라 써보았다. 바다가 보이는 창문을 활짝 열어두고 몸을 움직일 때마다 삐걱거리는 침대에 누워 해변에서 들려오는 폭죽 소리와 함성, 밀어와 욕설, 허밍, 파도 소리에 귀를 기울이면, 마침내 열쇠를 찾은 것 같았다.

그에게 묻고 싶었으나 그를 묻고 말았다.

2부

끝을 보긴 싫어서 ♡을 빠져나왔다.

부절히 내리는 눈을 맞으며 광장시장 방향으로

걷는데 한번쯤 연락해봐야지 싶던 사람이 흰 눈을 뒤집어쓰고 저 멀리서 천천히 걸어오고 있었다. 나는 희끄무레하고 뿌연 그를 피해 종묘로 들어섰다. 그는 저세상 사람이다. 종묘宗廟는 조선시대 역대 임금과 왕비의 위패를 모시던 왕실의 사당인데, 나는 종묘種苗라는 단어가 그에게 더 잘 어울린다고 생각했다. 그는 생전에 식물의 씨나 싹을 심어서 가꾸어본 적이 없을 것이다. 종묘 한번 해보지 못하고 죽은 인간은 많기도 많을 텐데, 다 늙어 베란다에 신문을 깔고 분갈이하는 그의 흙빛 노년을 상상만 해도 와락 눈물을 껴안았다. 같이 늙어가는 처지가 되어 감감무소식인 상태로 지내다가 장례식장에서나 만나는 인생을 그도 나도 한번쯤 살아보았다면, 그가 저세상에 갔다는 사실을 알고 슬쩍 웃음을 흘리는 사람도 있었을까.

사람이 죽으면 혼魂과 백魄으로 분리된다고 여긴 이들도 있었다. 혼은 하늘로 올라가고, 백은 땅으로 돌아간다는 말씀. 나는 종묘를 거닐면서, 살아생전 그와 나눈 기쁨과 그가 내게 퍼부었던 독설을

추억하면서, 팔면서, 그의 혼을 불러 이르며 시 한 수 지었다. 제목, 변소. 망묘루에 올라 죽은 백성을 그리워하노니, 그러면 화답했을 것이다. 똥을 싸고 있네. 그의 백은 재가 되어 납골당에 모셔졌다. 한때 그는 철수라는 이름을 써서 자신의 혼을 숨겼다. 별달리 감출 것도 없으면서 그가 그렇게 염병을 떨며 산 것은 잃어버린 줄도 모르고, 찾고자 해도 찾을 수 없는, 버린, 두고 온, 돌이키고 싶은, 되돌아갈 수 없는, 사라지는, 추억하고 싶은, 약속했던, 해방 세상이 별것 아니라는 걸 너무 일찍 깨달아버려서. 아, 글쎄 내가 그를 멀리한 까닭은 징그러워서. 그가 젊은 나이에 알맹이를 알아본다고 시를 쓰고 사랑을 갈구하고 술을 퍼마시고 투쟁에 앞장서서가 아니라 어디에도 머물지 않으며 누구와도 있지 않고 그 자신을 바라보지 않는 게 징글징글해서. 종묘에서 나올 때면 늘 생각한다. 참 징그러운 곳이다. 다행히 그도 나도 이 땅에 후손을 남기지는 못했다.

철수가 좋아했을 한 영화에서 '영희'는 노래한다. 바람 불어와 어두울 땐, 당신 모습이 그리울 땐, 바람 불어와 외로울 때, 아름다운 당신 생각. 잘 사시는지, 잘 살고 있는지. 보이시나요, 저의 마음이, 왜 이런 맘으로 살게 되었는지. 보이시나요, 저의 마음이, 왜 이런 맘으로 살게 되었는지.

밤의 해변에서 혼자.

우두커니 남의 인생을 재생하다 보면 내 사랑, 내 인생은 알맹이인지, 껍질인지 정확히 알기 위해서 똑같이 따라 써보게 된다. 그런 게 간혹 시가 되기도 하고. 시가 될 뻔하기도 하고. 시가 되라고 나를 전시하게 된다. ♡를 누르고. 어째서 사람들은 그렇게 남의 인생에 관심이 많은 걸까. 눌러주세요. 나도 나를 잘 모르니까. 나는 장대한 자연물인 그의 앞으로 다가가서 물었다.

—형, 저승생활은 어때요?

그날 저녁. 나는 실로 큰 애인과 함께 그린피그숯불갈비에서 돼지갈비 3인분에 함흥냉면 한 그릇을 나눠 먹었다. 집으로 돌아오는 길에 애인에게 말했다.

"나는 내일 당장 죽어도 여한이 없을 것 같아."

("나는 너의 허벅지 안쪽이 맛있어.")

잘 살아야 저세상과 저세상 혼에도 관심이 가는 법. ♡에 가라앉은 채로 기억을 더듬어보면 '너와 함께였음'이라는 이유로 수평선과 인력과 지형과 풍광, 영속과 기원, 끝도 없이 원해서 끝도 없이 죄를 짓고, 내가 새라면 떨어진 행복을 물고 당신 곁으로 날아갔을 텐데, 가까이에서 기쁨을 찾고 사람을 멀리하고, 극악무도와 순진무구는 한 끗 차이, 깔깔, 담길 수 없는 것을 담고자 노력하고, 바다, 파도, 하늘, 구름, 해, 새, 해변, 모래, 바람, 두 사람, 영혼과 육체 중 하나를 버리고 사랑에 관해 논하시오, 역시 껍데기가 예쁘다, 인간이라는 두 글자를 소화하던 시절과 기분도 있었다. 이제야 그걸 알 것 같다. 알수록 젊어서 저세상 간 그의 인생도, 내 인생도 별거 아니구나, 라는 확신이 든다. 똥을 싸고 있네. 이따위로 인생을 쌈 싸 먹다 보면 행복의 숙변은 사라지고 창조의 복부는 뻥 뚫린 기분, 좋아라! 사는 게 재미있다고 말하던 나는 어느덧 살고 싶음, 이라는 말을 시의 등불로 삼는 일을 주저하지 않는다. 죽고 싶다고 자주 말하던 애인은 이제 밥상 머리에서 그런 말을 하지 않는다. 우리는 팔다리는 마르고 배만 툭 튀어나온 혼백이 되어가고 있다. 알 것 같다. 저승이나, 이승이나⋯⋯. 마침내 열쇠를 찾았다.

뒤늦게 극장을 빠져나온 혼과 백이 인간사가 훤히 내려다보이는 난간에 기대어 서서 맞담배를 태우며 말을 주고받았다.

—눈이 오는 데는 뭔가 이유가 있어.

—맞아요. 눈만 그래요. 비는 안 그래요.*

나는 내가 본 것이 알맹이인지, 껍질인지 정확히 알기 위해서 실로 큰 ♡를 모래 위에 똑같이 따라 써보았다.

보이시나요, 저의 마음이, 왜 이런 맘으로 살게 되었는지.

* 홍상수 감독, 영화 「강변호텔」, 2019.

낮의 해변에서 혼자

지은이 김 현
펴낸이 김영정

초판 1쇄 펴낸날 2021년 3월 25일

펴낸곳 (주)현대문학
등록번호 제1-452호
주소 06532 서울시 서초구 신반포로 321(잠원동, 미래엔)
전화 02-2017-0280
팩스 02-516-5433
홈페이지 www.hdmh.co.kr

ⓒ 2021, 김 현

ISBN 979-11-90885-68-3 04810
      979-11-90885-43-0 (세트)